Glenda Robles

Escapada interna
Misterios de…
Simplemente Glenda

La Pereza Ediciones

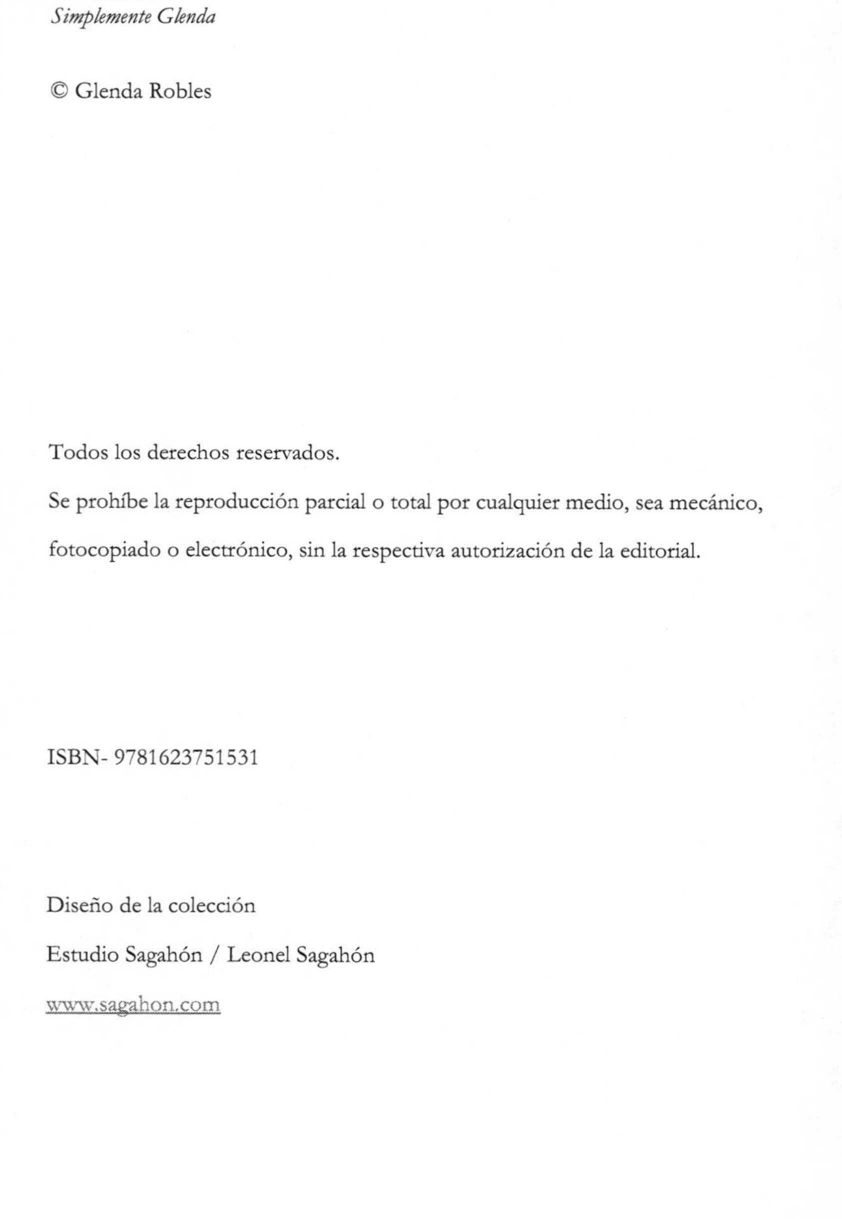

Título de la obra:

Escapada interna
Misterios de…
Simplemente Glenda

ISBN- 9781623751531

Diseño de la colección

Estudio Sagahón / Leonel Sagahón

www.sagahon.com

Escapada Interna

Glenda Robles

A mis tres tesoros, porque de tantas bendiciones que Dios me ha dado, la más bella ha sido el privilegio de ser mamá.

A mis tres hijos: Rhaiza, Tayra y Billy, porque me llena de orgullo verlos convertidos en seres de bien.

A mi esposo Rey por su apoyo incondicional.

Índice

Prefacio

Para variar hagamos un prefacio diferente a los demás, en el que se extiende una cordial invitación a que te atrevas a leer una historia única. Es misterio fino y delicado. Es misterio que llega con el propósito de despertar tu pensamiento dormido, el que tienes escondido, el que tu ser se niega a analizar. Es misterio que estremece todos tus sentidos hasta hacerte temblar al descubrir tu propia realidad. Esa realidad que ni tú conoces.

Es la forma sin igual de presentar una situación existente del ser humano dejando abierto el formato de incógnitas para que sea el propio lector quien las descubra. No es terror que te hace temblar. No es la aparición de seres extraños que te roban el sueño. No es algo maligno que destruye todo a su paso. Es el misterio oculto que cada persona lleva en su interior.

Escapada interna tiene como propósito final y de forma indirecta, llevarte por el sendero que jamás caminaste, creado tan solo por ti.

Desde el momento en que el ser humano demuestra a los mayores que ha adquirido la destreza de aprender, se le enseña que nuestra misión en el mundo es servir. Entonces nos confundimos y comenzamos a complacer los caprichos de todos y olvidamos los nuestros.

El niño muestra respeto y agradecimiento a sus padres llevando a cabo un patrón de reglas y un estilo de vida basado en sus propios fundamentos. El adulto decide dejar a un lado su propio yo para darle gusto al ser amado, ya sea su pareja al momento o sus propios hijos.

La naturaleza humana te motiva a completar las exigencias de todos, tus parientes, vecinos, amistades, compañeros de trabajo…

Entonces, ven conmigo a caminar tu propio sendero. A buscar tu propio yo que dejaste perdido en un momento de tu vida.

Prólogo

Entonces...Despiertas. Comprendes que has estado dormida en una absurda realidad. Que quedaste sumida en las turbias aguas de la rutina diaria. Que sus olas azotan tu rostro, poco a poco, lentamente, para envejecerte sin compasión. Cerraste tus ojos y tiraste a la basura tu mayor tesoro, dejando que el más horrible de los camiones se lo llevara para destrozarlo luego y convertirlo en diminutos pedazos.

Te dedicaste a vivir, lo que los demás viven: la vida. Quedando dormida en el tren de los demás. Cantando la misma canción que todos cantan. Tomando la ruta equivocada. Conduciendo hacia un camino no deseado.

¡Cuántas veces miraste atrás! Aún la veías, cada vez más lejos. Allí quedó. Esperando por ti. La dejaste en aquella oscura y solitaria parada, con todas las maletas llenas de sueños y esperanzas. No le dijiste una sola palabra ni le diste una explicación. No le dejaste agua que calmara su sed en el verano. Sabías muy bien que las hojas del otoño la cubrirían. No te importó saber que con el frío del invierno su cuerpo temblaría. No pensaste que al llegar la primavera su rostro se ilusionaría una vez más... en vano.

Siempre puso su confianza en ti. Eras lo único que ella tenía. Sus logros y triunfos dependían de ti.

Y ahora, despiertas de tu viaje en el tren de la vida. La buscas en el baúl de los recuerdos. Arrepentida de no tenerla contigo. Con un inmenso deseo de regresar el tiempo. De volver a comenzar.

Mas el tiempo se encargó de destruirlo todo. Y cada fibra interna de tu alma comienza a ser quemada por los fuertes rayos del sol enfurecido. Desde lo más profundo de tu ser sale un grito desesperado que invade tu alma entera.

¡Basta ya! ¡Basta ya!

¿Por qué lo hiciste? ¿Cómo fuiste capaz? Se te pudo haber perdonado el hecho de fallar a tus padres, a tus hijos o a tus hermanos. Se te pudo haber perdonado el hecho de fallarle a tu mejor amigo o al que una vez en un momento de dificultad, se apareció en tu vida para darte apoyo.

Sin embargo, lo que nunca tendrá perdón, es el hecho de haberle fallado a la niña de tu infancia.

Su coraje puede ser inmenso. Y al revelarse ante ti, estarás presenciando la más destructora de todas las venganzas.

Pesadilla

A la oscura noche tan solo la alumbra el azul resplandor de cada relámpago al presentarse. Su luz penetra de inmediato y se apodera de la habitación. Luego se marcha en un segundo para darle paso al siguiente. Los truenos provocan un intenso ruido que a la vez provoca temblar de miedo al más valiente. Ese ser que en un momento dado creyó tener todo bajo control, puede sentir palpitar su corazón, por el temor producido ante tal tempestad. Parecida a la exacta descripción del fin del mundo, es lo que por el momento se muestra en la noche. La fuerte tormenta trae consigo rápidas y gruesas gotas de agua que al caer sobre el techo de la enorme mansión logran un ambiente tenebroso. Lluvia potente que no se cansa de caer deseando que muchos piensen que no tiene final. Las ráfagas de viento penetran por las rendijas de las ventanas con tanta fuerza que se dedican a mover cada objeto hasta verlo caer al suelo en diminutos pedazos. Los cuadros grandes y los cuadros pequeños se gozan bailando contra la pared para ambos lados. Las finas cortinas de tela transparente se mueven hacia delante y hacia detrás, cada vez con más fuerza. Las pequeñas lámparas se van cayendo una a una.

Los pasos de la hermosa niña son firmes y lentos al caminar por el largo y angosto pasillo. La delata su rubia cabellera llena de rizos anunciando que ha llegado de afuera pues está empapada en agua. Mojado está también su hermoso vestido blanco y largo, hecho con tela de encajes y cintas rosadas. Lleva grandes manchas de sangre sobre su vestido. Sus zapatillas rosadas han perdido su forma al mojarse.

No existe un segundo en el cual la criatura de diez años levante su cabeza para mirar hacia el frente. Camina mirando al piso. Su piel tiembla de frío. Lleva en sus manos un ancho cuchillo de punta afilada. Sigue su camino por el largo pasillo de luz tenue.

De momento, se abre la puerta al fondo. Sin autorización alguna la niña entra. Entonces, levanta su cabeza. Es su mirada de ojos verdes una combinación rara de odio y tristeza. Es su bello rostro el vivo ejemplo del dolor plasmado en el alma, al comprender que su existencia no es real ni deseada. La sangre sigue brotando de su pecho manchando el vestido entero. Los truenos se niegan a hacer silencio. La interminable tormenta ha dejado ver su gran coraje. El viento ha logrado entrar con toda su fuerza.

La niña observa cada detalle de la habitación. Mira por un momento las hermosas ventanas de cristal adornadas con cortinas blancas. Del mismo color es la alfombra en el piso.

Heather se mueve constantemente mientras duerme en la cama. Es como si quisiera despertar y una fuerza extraña se lo impidiera. Su ropa de dormir es de color púrpura. Sus cabellos alborotados son largos y rubios.

Comienza una vez más la niña con su lento caminar. Se detiene frente a la cama y mira fijamente a Heather mientras duerme. La joven se sigue moviendo inquieta. La niña levanta el ancho cuchillo de punta afilada y lo dirige al centro del pecho de la bella mujer. ¡Un fuerte grito sale de lo más profundo de su alma!

Heather queda sentada sobre la cama al despertar. Comprende que ha tenido una horrible pesadilla y trata de calmarse.

Al asomarse por su ventana contempla la tranquila noche. ¡Qué lindas se miran las estrellas en el cielo! Todo está en calma. El faro de la esquina le alumbra la entrada para que así pueda ver el bello paisaje que su jardín le regala.

Se detiene un momento para observar la habitación de su lujoso apartamento. Nada tiene que ver con el cuarto oscuro de tan horrible pesadilla. Aquí se refleja una inmensa paz. Respira profundo mientras piensa. No es la primera vez que tiene tan horrible pesadilla. Esa criatura triste y enojada a la vez, que la busca para matarla. Ese ser tan raro que le produce tanto temor y la hace gritar cada vez que despierta. Siente que conoce a esa niña. Siente que la ha visto antes. Siente un gran miedo. Siente que tiene que cuidarse de ella. Pero…, siente que la ama.

Ahora camina hacia la habitación de su hija Amanda para estar segura que todo está bien.

La chica de catorce años de edad se despierta tan pronto Heather enciende la luz.

"Mami, ¿qué haces? ¿Ya es hora de levantarse?", pregunta Amanda mientras bosteza.

"No Amanda. Apenas son las dos de la madrugada."

"Entonces... ¿por qué prendiste la luz?"

Heather apaga la luz y se recuesta al lado de su hija. Luego la abraza y comienza a hablar con ella.

"Yo sé que las hijas corren a dormir con su madre cuando tienen una horrible pesadilla. Esta vez yo soy la que quiere dormir contigo", le explica a su hija.

"¿Tuviste otra pesadilla?", le pregunta Amanda.

"Sí, mi amor, la misma pesadilla de siempre. Ya estoy cansada de esto que me está pasando. No sé qué hacer. Esa niña que me quiere matar. La misma niña de todas mis pesadillas. Esta vez yo estaba durmiendo. Ella caminaba por un pasillo bien largo. Estaba pasando una fuerte tormenta afuera. Los truenos y la lluvia se escuchaban muy fuertes, parecía tan real... Ella estaba mojada, llevaba un cuchillo en sus manos para matarme. Yo dormía desesperada como si quisiera despertar y no pudiera. Es como si en verdad eso me estuviese sucediendo mientras soñaba que quería despertar y…."

"No mami. No sigas contándome tu pesadilla. Ya me dio miedo."

"Es cierto Amanda. No hablemos de eso."

"Mami, tú necesitas dormir. Recuerda que tu graduación será a las nueve de la mañana. Será un día muy especial. No debes tener ojeras. No pienses más en la niña de tus pesadillas."

"Tienes razón. Tenemos que estar bellas las dos. Además, vas a conocer a Damián."

Heather sonríe.

"Sí. Finalmente voy a conocer al famoso Damián, tu enamorado. A ver si pasa la prueba."

"¡Oh no! Lo siento por él. Tiene que pasar tu prueba y la de los abuelos."

Ambas se ríen.

"Ahora que mencionas a los abuelos, olvidé decirte que abuela me envió un mensaje. Dice que no vendrán aquí. Van a tomar un taxi desde el aeropuerto hasta la universidad.", le dice la chica a su madre.

"Ya lo sé. A mí también me envió el mensaje."

La joven madre y su hija Amanda conversan sobre las vacaciones. Como siempre han hecho, desde que nació Amanda, los abuelos vienen a visitar a Heather y se llevan a la niña por dos meses para pasar el verano con ellos. También se reúnen para la Navidad. A pesar de que viven en diferentes estados son una familia muy unida. Heather es el orgullo de sus padres, así como Amanda es el orgullo de Heather. Pasan ya las tres de la mañana y aún siguen sin dormir. Heather busca de otros temas con Amanda para dirigir la conversación hacia otro lado. Y mientras escucha hablar a su hija, infinitas incógnitas agobian su mente. Ha pensado seriamente visitar a su doctor y dejarle saber lo que está sucediendo. Sabe que no es normal. Nadie sueña lo mismo constantemente. Son muchas las preguntas capaces de robarle su tranquilidad. Esas horribles pesadillas con una niña que trata de matarla sin piedad, vestida con un traje blanco manchado de sangre. Su triste mirada refleja un gran enojo contra Heather. Es como si tuviera un inmenso deseo de destruirla. De terminar con su existencia de una vez por todas.

Heather abraza a su hija una vez más y comprende que nada se compara con la bendición tan grande de tenerla a su lado. Finalmente, el cansancio vence y quedan dormidas hasta el amanecer.

Graduación

El grupo de profesores del colegio de leyes, en unión con sus directores, ha decidido llevar a cabo los actos de graduación, este año diferente a los demás. La suave brisa de la mañana se pasea entre todos adornando el lugar. Una gran tarima al centro del patio, justo a la entrada de la universidad, se luce dejando ver su perfecta creación. Los graduados llevan puestas sus togas blancas y negras con mucho orgullo. Resultado final de noches de intenso estudio hasta el amanecer. Es merecida recompensa luego de arduo trabajo. Se respira un ambiente lleno de triunfos, alegrías y nuevas esperanzas.

Las flores a los bordes de la tarima disfrutan al máximo tan inolvidable evento. Un enorme y frondoso árbol se dedica a dar sombra mientras sus ramas se mueven con la encantadora brisa. Hay suficientes sillas blancas para todos los invitados. La música comienza y el desfile de los graduados se aproxima. Las palabras del director son captadas por la cámara de videos de Amanda. La chica luce un vestido azul pegado a su silueta, que a sus catorce años deja entrever una bella jovencita en pleno desarrollo. El Sr. Emilio Beltrán toma varias fotos con su celular. La Sra. Julia usa su cámara fotográfica.

Este momento es muy especial para ellos. Después de tanta lucha en la vida, al fin Heather ha completado sus requisitos para ejercer como abogada.

Tan pronto escucha su nombre, la joven de treinta y un años camina hacia la tarima en busca de su diploma.

Al convertirse en madre soltera a sus diecisiete pudo comprender que la vida no sería nada fácil para ella y se dedicó a tomar su responsabilidad sin ninguna ayuda. La Sra. Julia Beltrán, su madre, no pudo estar con ella pues tuvo que viajar muy lejos para seguir un tratamiento que le ayudó a ganarle la batalla al cáncer. Para ese momento ella estaba muy enferma. El Sr. Emilio Beltrán acompañó a su esposa, dejando a Heather y a la bebé en la casa.

Desde entonces todo giró en torno a la chiquita. Amaba tanto a esa linda bebé que tuvo que trabajar fuerte para poder mantenerse por sí sola. Temprano en la mañana dejaba a Amanda en un centro de cuidado infantil mientras se iba a trabajar. Cuando la niña comenzó su educación primaria, Heather pudo retomar sus estudios. Ella siempre había tenido una gran pasión por la moda. Su mayor sueño siempre había sido ser la mejor diseñadora de ropa del mundo. En sus planes, desde muy pequeña, estaba el deseo de viajar a diferentes países para conocer sus culturas e implantar la moda de acuerdo con las necesidades de cada población. Pero la vida la llevó por otro sendero.

En este momento tiene en sus manos el diploma del Colegio de Leyes. Ella recibe su premio y lo muestra con orgullo levantando su mano bien alta. Su esbelta figura se esconde debajo de la ancha toga. Lucen muy bien sus rizados cabellos que sirven de marco para su rostro. Es símbolo de orgullo su hermosa sonrisa. Su gran logro la sube alto y la hace flotar por el aire. Los aplausos la elevan hasta el más alto de todos sus sentidos ocultos.

Ahora se dirige hacia su familia. El primer abrazo se lo regala a su hija Amanda. Luego abraza a sus padres.

"Hija. Te felicito", le dice su padre con lágrimas en sus ojos.

"¡Felicidades, mi amor!", añade su mamá

"¡Lo lograste mamá!", Amanda está muy emocionada. "¡Yo siempre supe que lo harías!"

"Gracias a los tres", les comenta Heather: "A ti mamá, por ser mi mejor amiga. A ti papá por todos tus consejos. A ti Amanda mía, porque eres mi motor. Eres quien me impulsa a seguir hacia adelante."

La recién graduada se sienta una vez más junto a sus compañeros. El último discurso da paso al grito de triunfo, mientras tiran al aire sus birretes.

Heather vuelve a reunirse con su familia. Damián se acerca a ella y la abraza fuertemente.

"¡Lo logramos, Heather!"

"Bueno, familia", Heather lo toma de la mano. "Les presento a Damián, mi compañero de estudios."

"Un placer conocerte Damián." El Sr. Emilio Beltrán le da la mano.

"Te felicito a ti también", le dice la Sra. Beltrán.

"Muchas gracias, Señora."

"Hola Damián. Yo soy Amanda. Mami me habla mucho de ti. Dice que eres muy inteligente y que la ayudas en sus tareas."

"¡Tu mami te dijo eso!"

Damián sonríe mientras mira a Heather.

"Pues esta hermosa mujer, que es tu mamá, te describe como lo más hermoso que le ha pasado en la vida."

"Es cierto", comenta Heather mientras abraza a su hija. "Yo no imagino mi vida sin ti."

La Sra. Julia abraza a Heather y a su única nieta mientras comenta: "Nos estamos poniendo muy sentimentales. Yo agradezco a Papa Dios pues me ha dado salud para poder estar aquí con ustedes y poder disfrutar de este día tan especial."

"Sí, mamá, porque te lo mereces y porque te necesitamos", le dice Heather.

Amanda se le acerca a Damián.

"Ya que no tienes que ayudarle a mi mamá en sus tareas, pues me ayudas en las mías."

Todos ríen de las ocurrencias de la jovencita.

"¡Wow! Eso me gusta. Me sirve de pretexto para seguir viendo a tu mami", añade Damián.

"Tú no necesitas pretexto para seguir viéndome, puedes visitarme en todo momento. Además... quiero que todos sepan que mañana tendremos una entrevista juntos."

"¡Qué buena noticia! ¿Dónde?" El Sr. Emilio se muestra bien contento.

"En una compañía de abogados. Es una de las más prestigiosas del área", explica Heather.

"Bueno, pues les deseo suerte a los dos", dice el Sr. Beltrán.

"Yo también les deseo que les vaya bien en la entrevista", les comenta la Sra. Julia.

"Muchas gracias." Damián se muestra confiado. "Yo sé que todo saldrá bien. Imagínate, Amanda ¡tu mami y yo trabajando para la misma compañía!"

"¿Qué vamos a hacer para celebrar tanto triunfo?", pregunta el papá de Heather. "A ver, Damián, ¿qué planes tienes?"

"Aún no sé. Mi familia me acompaña". Los señala: "Son ellos. Mis padres, mi hermano y su esposa."

"Pues vamos hacia ellos", sugiere Emilio Beltrán.

"Podemos celebrar todos juntos."

"Vamos, Damián. Quiero conocer a tu familia", le dice Heather

"Sí. Ellos también te quieren conocer."

"Cerca de aquí hay un restaurante de mariscos." Heather deja ver su idea. "Podemos ir todos."

Las dos familias se unen. Tienen algo en común. Ambas celebran un logro más en la vida del ser querido. Entonces deciden complacer a Heather e irse todos para el restaurante que vende las más deliciosas comidas con mariscos hechas en la ciudad.

En el momento en que Heather va a coger su cartera mira hacia las sillas de la última línea. Sentada allí se encuentra una niña. Un lazo rosado adorna sus cabellos rubios y rizados. Lleva puesto un hermoso vestido blanco de cintas color rosa.

Está mirando fijamente a Heather. Tristes y llorosos se muestran sus ojos reflejando un gran dolor en el alma. Su mirada no deja de encontrarse con la mirada de Heather ni tan siquiera por solo un segundo y va irradiando en su espacio una gran desilusión y un inmenso desencanto. El semblante de su rostro deja ver su coraje. Un coraje sin fundamento. Sin razón de ser.

Heather siente su alma penetrar en la mirada de esa niña. Heather logra confundir su ser con el de esa criatura para ver lo que esconde su interior. Coraje quizás de saber que no es real ni deseada. Tristeza al comprender que su tiempo ha terminado y nada se puede hacer. Desilusión indescriptible por planes no cumplidos. Dolor infinito por sueños que quedaron en la nada.

Amanda nota algo extraño en su madre y se le acerca preocupada.

"Mami, ¿estás bien? ¿Te sucede algo?"

"Por qué me preguntas eso?"

"No sé. Te quedaste mirando hacia allá por un rato. Vamos, ya todos se están yendo."

Heather vuelve a mirar, pero la niña ya no está sentada allá.

"¿La viste?", pregunta Heather mirando hacia la última línea de sillas

"¿A quién?"

"No…, a nadie. Vamos hija."

Heather coge la mano de Amanda y caminan juntas hacia los demás. Trata de ocultar todos sus temores. No quiere preocuparse por esa situación un día como hoy. Se vislumbra una tarde llena de alegría y emociones donde ambas familias compartirán ideas y pensamientos. Parece ser el principio de buenas relaciones. Parece ser el principio de un buen amor….

Noche de amor

Ya el atardecer se está marchando. A Heather tan solo le quedan algunos minutos para disfrutarlo. Se siente muy tranquila frente al bello paisaje. Un inmenso lago a lo lejos. Una radiante fuente de agua frente a ella. Montones de palomas pasean y adornan el paisaje. Algunas de ellas vuelan alrededor de la hermosa mujer.

Lleva un pequeño tiempo esperando a Damián. Quedaron en encontrarse en este lugar cerca del apartamento de él.

A tan solo dos semanas de la graduación, hoy en la mañana han sido sorprendidos con una llamada que los ha llenado de alegría. Ambos comenzarán a trabajar muy pronto en un edificio situado al centro de la ciudad, donde están ubicadas varias oficinas de abogados.

El ambiente del parque es tan tranquilo que a Heather no le importa esperar un rato más. Permanece sentada disfrutado de la sombra de un frondoso árbol y la suave brisa que acaricia su rostro. Abre su bolso y encuentra un pequeño paquete con varias galletitas. Disfruta mucho al darle de comer a las palomas. Todas llegan hacia ella. Heather utiliza su celular para tomar varias fotos.

De repente una voz masculina le susurra al oído.

"Hola preciosa." Damián se sienta a su lado.

"¡Hola! Me asustaste."

"Veo que disfrutas de las palomas."

"Es muy lindo este lugar", comenta ella.

"¿Te gustaría ser mi paloma mensajera?"

"Puede ser", sonríe. "Y… ¿dónde tengo que llevar el mensaje?"

"Sube alto, muy alto y llévale un mensaje a Dios."

"¡Qué interesante! Eso me gusta. ¿Cuál es el mensaje?"

"Pues..." Damián piensa por un momento. "Dile a Dios que envíe a Cupido entre nosotros."

"¿Para qué quieres a Cupido entre nosotros?"

"Para que nos fleche de amor." La besa en la boca mientras acaricia sus cabellos.

"Damián, ¿qué haces?"

"Te he robado un beso. Si no te gustó te lo devuelvo." La vuelve a besar en la boca.

"Damián..." Heather se muestra un poco nerviosa.

"No digas nada. Déjate llevar por tus sentimientos. Disfruta de la brisa, las palomas, el atardecer... Quiero que te enteres que te amo."

"Damián...yo no puedo amar a nadie."

"Ya me amas Heather. Tanto como yo a ti. Deja esos miedos. Quiero que seas mi novia." La besa con ternura.

"Pero..."

"Pero nada princesa. Tan solo déjate amar, te prometo hacerte la mujer más feliz del mundo."

"Es que desde que el papá de Amanda y yo terminamos nuestra relación no he podido..."

"¿Quién está hablando de ese?" Damián finge estar muy enojado. "Eso es pasado. Prohibido mencionarlo. El presente somos tú y yo."

"¿Te enojaste? Nunca te había visto así."

Heather lo abraza.

"Sí, tengo mucho coraje. No me gustó que lo mencionaras."

"Y... si te doy un beso, ¿se te quita el enojo?" Heather sonríe mientras pregunta.

"Puede ser, trata a ver qué sucede."

"Ok." Lo besa. "Ya estás mejor." Afirma la joven mujer.

"Amor mío. Princesa mía. Quiero que seas mi novia. Quiero estar a tu lado el resto de mi vida."

"Damián... necesito tiempo para pensarlo."

"No te voy a dar tiempo para pensar nada." Damián sonríe y la mira con ternura.

"Escucha bien lo que te voy a decir. Te amo. No me imagino mi vida sin ti. Nada de tiempo para pensar. Quiero una respuesta ahora." La abraza. "Yo sé que tú también me amas."

"Sí, mi amor". Se besan. "Es muy cierto. Yo también te amo, es que no quiero ser lastimada una vez más."

"Eso nunca sucederá. Ya no tengas esos temores. Porque si sigues así me voy a enojar otra vez y vas a tener que darme muchos besos para contentarme."

"Pues te doy todos los besos que quieras. Sí, mi amor. Quiero ser tu novia."

"Mira..." Señala al complejo de apartamentos a su mano derecha. "Allá se encuentra mi apartamento. ¿Nos vamos?"

"No, espera...tengo que decirte que..."

"Nada mi bella dama. Usted nada tiene que decirme... Nos vamos para mi apartamento y punto." Damián le habla con dulzura.

"Damián, escucha..."

"Nada que escuchar Heather. Quiero que seas parte de mi vida. Quiero que seas mi mujer." Le acaricia sus mejillas.

"Te amo Damián."

"Entonces, ¿qué estamos esperando? Ya oscurece, vamos mi amor. Esta noche te quedas a mi lado hasta mañana. Amanda está con los abuelos, no tienes excusa para marcharte."

La besa antes de que ella pueda decir que no. La abraza con la más suave ternura jamás sentida.

Caminan abrazados hacia una nueva vida, llena de ilusiones y de mucho amor.

Heather se sorprende al ver lo organizado que se muestra el apartamento de Damián.

"Bueno, este es mi apartamento. Desde ahora en adelante será nuestro nidito de amor."

"Wow! Lo tienes bien organizado."

"A ver..." Damián abre la puerta de la nevera. "¿Qué le doy a mi invitada de honor? ¿Quieres probar una rica ensalada de frutas?"

Heather prueba. "Está deliciosa. ¿Quién la hizo? ¿Tú?"

"La hizo mi mamá. Estuvo ayer aquí. Me visita una vez a la semana."

"Oh, ya veo. Ya sabía yo que este apartamento está demasiado organizado para que lo tengas así."

Heather sonríe.

"Tu mami viene una vez a la semana y te plancha la ropa, te organiza el apartamento y hasta te hace tus comidas."

"Te estas burlando." Damián sonríe. "Ya me conoces." La abraza. "Ven...Quiero que veas lo organizada que está mi habitación también." La lleva de la mano hasta la habitación.

¡Qué lindo es transportarse al universo en un instante! Sentir el corazón palpitar a mil latidos por segundo. Dejar a un lado la razón y seguir el sendero abierto a la pasión. Ver que el infinito se queda pequeño ante un gran amor totalmente atrevido, dispuesto a hacer de las suyas. Un amor que penetra en cada fibra del corazón hasta hacerlo renacer. Un amor dispuesto a penetrar cada poro de la piel haciéndolo vibrar. Penetra queriendo llegar al alma hasta hacerla temblar, la estremece y se introduce a lo más profundo estallando después. Entonces, el silencio se convierte en cómplice de dos almas. Las caricias de Damián descubren cada escondite de su esbelta figura. Sus besos la dejan casi inconsciente, lentamente su ropa la abandona cayendo al suelo. Tendida en la cama se deja llevar. Siente que puede tocar el cielo con sus manos. Que vuela sobre los montes y se dirige al espacio. Siente que navega mar adentro y se introduce en las profundidades en busca del tesoro escondido. Que rema por las aguas bravas sin hundirse. Se entrega sin medidas. Con el inmenso deseo de hacer el momento infinito. Se entrega por amor. Por un amor capaz de hacer temblar cada pequeña fibra de su ser. El pasado no se atreve a entrar en su mente. El futuro se vislumbra llegar positivamente. El presente es lo que importa. El presente es lo que se vive al momento. Es lo que se siente y se disfruta y es lo único válido. Creer que el mundo entero te pertenece. Sentir que tocas las estrellas con tus manos. Que una piel se confunde con la otra sin esfuerzo alguno. Que las células se juntan hasta provocar un gran calor. Que el fuego ardiente del amor te quema sin remedio. El éxtasis los deja exhaustos, quedando dormidos en un profundo sueño lleno de paz, tranquilidad, sosiego y protección.

Amanece... Sus verdes ojos se abren para mirar al hombre que ama durmiendo a su lado. Le agradece a Dios y a la vida por un nuevo día. Por una nueva oportunidad para intentarlo una vez más. Al fin y al cabo, su única meta es ser feliz tanto ella como su hija Amanda.

Cubre su cuerpo desnudo con una sábana blanca. Se percata que a una esquina se encuentra una puerta de cristal que la lleva hacia un hermoso balcón. Allí está, disfrutando de un bello amanecer desde el segundo piso. El cielo está muy claro. A lo lejos puede ver la gran ciudad. Autos transitando por la avenida a muy tempranas horas del día. Mira hacia abajo. Hermosas plantas y flores mojadas por el rocío de la mañana.

De repente… allí la puede ver. En la entrada de los apartamentos a su mano derecha. Abajo, en el primer piso. Mirando hacia arriba. Mirándola fijamente. Hermosa niña vestida con un traje blanco. Sus cabellos rubios y rizados adornados con un bello lazo color rosado. La misma niña otra vez. Con su mirada triste. Con su rostro enojado. Con su…

Heather siente un gran temor. Entra de inmediato cierra la puerta de cristal y corre sus cortinas.

"Mi amor." Damián despierta sorprendido.

Heather trata de disimular un poco su nerviosismo. No quiere preocupar a Damián con lo que le está sucediendo. En su mente tantas preguntas y preocupaciones. ¿Por qué esa niña otra vez? ¿Por qué se le aparece tantas veces? ¿Quién es? En realidad, la hermosa mujer sabe muy bien quién es esa niña. Conoce más que nadie de sus enojos, su tristeza y su gran dolor. Sin embargo, se niega rotundamente a admitirlo, sencilla mente porque no puede ser. No es real. Ya no existe. Y Heather lo sabe muy bien. De eso no tiene dudas.

Esta es su única realidad. Esta es su única verdad. Ha pasado la noche más bella de su vida con el hombre que ama. Y ahora... ¿qué hacer? Esta parada frente a él con su cuerpo desnudo cubierto con una sábana blanca casi transparente. Su amado la ha visto llegar de afuera y cerrar la puerta de cristal y sus cortinas de forma muy rápida y desesperada.

Un Año Después…

Mirada penetrante

El reloj de la oficina marca las tres de la tarde. Aún Heather continúa trabajando. Cansados se encuentran sus verdes ojos después de haber pasado casi ocho horas frente a su computadora.

Durante toda la semana los abogados han estado muy ocupados en sus respectivos trabajos.

Hoy es un día muy especial para ella, pues cumple sus treinta y dos años de edad. Su rubia y ondulada cabellera le sirve de marco a su rostro y le hace lucir más joven aún. Su última cita con un cliente ha sido pospuesta para mañana.

Amanda le ha organizado una fiesta. Sus padres, los señores Beltrán, han viajado para pasar unos días con ellas.

Damián del Valle, su novio y a la vez compañero de trabajo, es el responsable del sonido de la puerta al abrirse cuando interrumpe a la abogada enfocada en su labor.

"¿Se puede pasar?"

Damián entra y cierra la puerta.

"¿Cómo está la mujer más bella de este mundo?" La besa. "Felicidades en tu día mi amor. ¿Te gustó el ramo de rosas?"

"¡Sí, mi amor, me encantó! Gracias."

"Pero, ya veo que no te has percatado de algo. Busca bien, hay una sorpresa entre las rosas."

"¿De qué hablas?" Ella sonríe y comienza a buscar entre las rosas.

El intercomunicador suena escuchándose la voz de Estefanía, la secretaria.

"Sr del Valle, tiene una llamada por la dos."

"Oh no, ¿cómo Estefanía sabe que estoy aquí?"

"Contesta, amor", le dice Heather.

Encontrar el pequeño sobre amarillo entre las flores blancas no ha sido tarea difícil. Heather se sorprende y lo abre de inmediato. Un radiante anillo de compromiso con el más bello de todos los diamantes hace palpitar su corazón. Está muy emocionada. Su primera impresión ha sido mirar fijamente a los ojos de Damián. El joven de ojos negros le regala una guiñada mientras contesta la llamada del cliente.

"Muy buenas tardes. Le habla el Licenciado Del Valle. ¿Con quién tengo el gusto de hablar?"

Escucha por un rato mientras observa a Heather que comienza a organizar su escritorio.

"Sí, Sra. Negrón. Ya su caso se encuentra en la etapa final. Tan solo necesito que me envié un e-mail con los últimos datos requeridos en la información que le envié." Escucha por un momento. "Ok, pues así será. Yo me comunicaré con usted cuando tenga todo listo. Tenga usted muy bonito día Sra. Negrón."

Damián sigue observando a Heather en silencio. Comprende tener al frente, a la mujer con la que quiere pasar el resto de su vida. Se le acerca con mucha ternura y la abraza. Toma el anillo y se lo coloca en su dedo.

"¿Te gusta?"

"¡Está precioso!", responde ella nerviosa.

"Más bello se ve en tu dedo." La acaricia.

"Y esto… ¿qué significado tiene?" Lo besa.

"Significa que te amo y deseo que seas mi esposa. Que quiero casarme contigo. Que te voy a comprar una hermosa casa donde viviremos juntos desde ahora en adelante y formaremos una bella familia. Significa que Amanda estará con nosotros y le daremos muchos hermanitos. Oh…Y que quede claro que me quiero casar lo antes posible."

"Oh…" Heather se muestra sorprendida. "¿Y por qué tanta prisa?"

"Porque te amo. Y ya estoy cansado de vernos en mi apartamento de vez en cuando. Quiero despertar a tu lado todos los días de mi vida. Ya Amanda tiene sus quince años. Ella tiene que comprender que nos amamos y que…"

"Mi amor, Amanda te quiere mucho."

"Entonces, quiero que seas mi esposa. Hagamos una bella ceremonia para Navidad. Una gran fiesta con muchos invitados. Te quiero dar ese regalo. Con tu hermoso vestido de novia."

"Damián, estás loco. Tan solo faltan dos meses para Navidad. Una fiesta así no se prepara de la noche a la mañana. Además… no te he dicho que sí."

Heather sonríe de manera sarcástica.

"Oh…Haciéndote la difícil después de un año de relación."

El intercomunicador vuelve a sonar. Estefanía le anuncia a Heather que tiene una llamada de su hija Amanda. Cuando ella va a contestar Damián la hala hacia él y la besa apasionadamente.

"Espera un momento querida, no permitiré que te hagas la difícil conmigo."

Heather lo ignora, sonríe y contesta la llamada.

"Hola, Amanda. ¿Cómo estas cariño?"

"Mamá, ya llegué del colegio. Aquí estoy con los abuelos, te estamos esperando. Ya tenemos todo listo para tu fiesta de cumpleaños."

"Ya voy para allá."

"Abuela hizo el bizcocho. ¡Tienes que verlo! Yo hice las decoraciones. Usé los mismos adornos con los que me celebraste mis quince."

"Oh, wow! Me imagino que todo está muy bello. Hija mía, no tenías que ponerte con eso. De todos modos, muchas gracias, mi amor. Te amo mucho. Hey…Damián me dio un anillo y me propuso matrimonio. ¿Qué piensas de eso?"

Damián se acerca a Heather, le quita el teléfono y comienza a hablar con Amanda.

"Creo que estoy en serios problemas con una princesa."

"Se supone que antes de pedirle matrimonio a mi mamá lo consultaras conmigo."

Amanda pretende estar enojada.

"Mi amor, escucha." Damián activa el "speaker" para que Heather sea parte de la conversación.

"No tengo nada que escuchar, usted debió contar conmigo y punto."

"Llevo tres días sin verte."

"Eso no es excusa. ¿Por qué no me llamaste a mi celular?"

"Vamos princesa. Deja el enojo y ayúdame a convencer a tu mami, aún no ha dicho que sí."

"¿En serio? ¿Por qué?"

"Después de un año todavía no se decide. Pero eso sí…ya se puso el anillo."

Se ríen los tres a carcajadas.

"¡Bien hecho! Esa es mi mami.

"Bueno… ¿En qué quedamos? Convence a tu madre, por favor."

"Voy a tratar. Pero mientras tanto necesito que me ayudes con mi proyecto de ciencia. Y te adelanto que está muy complicado."

"Eso se llama chantaje, Amanda."

"Llámalo como quieras. Pero si no me ayudas con el proyecto, yo no te ayudo con mi mami." Se ríe. "Sabes muy bien que si yo le digo a mami que no quiero que se case contigo…pues no se casa."

"¡Qué mala eres! Trato hecho. Té ayudo con el proyecto. Ganaste."

"Ok. Caso cerrado. Ya vengan para acá."

"Ya voy mi cielo", le dice Heather.

"Si cariño. Tu mami va primero. A mí me falta un cliente por atender. Y luego voy para allá."

El intercomunicador vuelve a sonar. Esta vez Estefanía le anuncia al Sr. del Valle que su cliente ha llegado.

Presiona el botón. "Ya voy Estefanía, dame dos minutos, muchas gracias."

"¿Para que necesitas dos minutos?", pregunta Heather. El joven comienza a acariciarla.

"Para besarte, acariciarte, abrazarte mucho, mucho".

"No, Sr. del Valle. Mi familia me espera y usted tiene un cliente."

"Hey, espera mi amor". La hala hacia él.

"No. Me tengo que ir. Tienes un cliente esperando por ti. Puedes usar mi oficina. Yo le digo a Estefanía que lo haga pasar aquí."

"Espera", dice Damián al besarla. "¿Lo hacemos para Navidad? Te regalo lo que toda mujer desea. Una ceremonia con muchos invitados, un enorme bizcocho y un vestido de novia espectacular."

"Amor, para la Navidad tan solo faltan dos meses. No tenemos tiempo para organizar todo."

"Eso significa que quieres ser mi compañera por el resto de nuestras vidas. Creo que estoy más emocionado que la novia por la boda. Entonces… ¿aceptas ser mi esposa?"

"Sí, mi amor. Te amo."

"Así me gusta cariño mío. Dilo más alto, que no escucho. Que lo escuchen todos los clientes en la sala de espera."

"Ya Damián, me tengo que ir. Pero te repito. No hay tiempo para preparar una fiesta de matrimonio."

"Usted bella mujer, no se preocupe por eso. Yo tengo mis contactos, ya verás."

"Yo sé. Mi madre y mi hija, tu mamá, tú cuñada…Todos están locos."

Se ríe.

"¡Ya verás! Todo quedará perfecto."

La besa y ella se marcha.

Heather se acerca al elevador y se encuentra con su amiga Mara.

"¿Ya te vas?", le pregunta su amiga.

"Sí. Ya Amanda llegó del colegio y le prometí llegar temprano."

"Y tus padres, ¿ya llegaron?"

"Sí. Llegaron desde la madrugada."

"¡Wow! ¡Qué bello está!", comenta Mara al mirar el anillo de matrimonio.

"¿Ya sabías?"

Entran al elevador mientras continúan hablando.

"Pues claro. Ya sabes que Esteban y Damián son grandes amigos."

"Mara…me propuso matrimonio y quiere casarse lo antes posible. Dice que para Navidad."

"¡Qué bueno!"

Salen del elevador y caminan hasta entrar a la oficina de Mara.

"No sé." Heather se muestra confundida.

"¿Qué te sucede, Heather? Yo sé que amas a Damián."

"Sí, lo amo mucho y sé que voy a ser muy feliz a su lado, pero a veces me siento un poco confundida."

"Te conozco amiga, te conozco muy bien. Ya sé por dónde vienes. Tu historia de siempre. Quieres viajar a Europa cinco veces al año. Quieres estudiar moda y diseño. Quieres vestir a los famosos. Quieres vestir a los reyes de España y de Inglaterra con creaciones tuyas. Nunca has hecho en tu vida lo que has querido. Estudiaste leyes por complacer a tus padres o por el bienestar de tu hija. Y ahora me vas a decir que casarte significaría dejar de ser tú. ¡Qué bien te conozco amiga!" Mara se ríe al comprender que Heather queda sorprendida al ver que su amiga tiene una idea clara de lo que ella pensaba decirle.

Mara sigue aconsejándola.

"Aterriza Heather, Aterriza. Baja de esa nube. Eres una de las mejores abogadas de la ciudad. Tienes una hija muy buena e inteligente. El mejor hombre del mundo te ama y quiere casarse contigo. Y tú... ¿te quejas?"

"Mara, eres mi amiga. Trata de comprenderme por favor."

"Eres difícil de comprender. Pareces una niñita engreída. De esas que mientras más tienen, más quieren."

"Bueno en eso tienes razón. Siempre fui una niña muy egoísta que solo pensaba en mí."

Mara se ríe, como burlándose de su amiga.

"Gracias a Dios que creciste."

Heather también se ríe y se burla de ella misma.

"Tienes toda la razón. Qué bueno que crecí, porque si no sería insoportable."

"Heather." Mara le habla esta vez en serio. "Piensa en Damián, en lo mucho que te ama. Piensa en tu hija. Esa es tu verdadera vida."

"Yo lo sé, Mara. El haber tenido a Amanda me cambió la vida por completo. Ser madre soltera a temprana edad me ayudó a crecer y madurar."

"Ves... ¡Esa es mi amiga!"

"Pero... No puedo morir sin antes lograr mi sueño." Heather sonríe.

"Ay no... ¿Qué hago contigo? Llegó la niña otra vez." Mara abre la puerta de la oficina.

"Vete para tu casa. Tu familia te espera. Y ponte bella para tu fiesta. No puedo contigo Heather."

"Pues me voy amiga. Yo sola me comprendo. Nos vemos en la noche. No olvides decirle a Esteban."

"Sí, Ya le dije. Allí estaremos, bye."

Se despiden con un abrazo.

Heather llega al primer piso y se despide del guardia de seguridad. Al salir nota que el nublado cielo está anunciando la llegada de una fuerte lluvia. Ella se apresura camino hacia el estacionamiento en busca de su auto.

De repente…se detiene. Ve que una niña pasa frente a ella. Camina y no deja de mirarla. El viento mueve sus rizados cabellos rubios y largos. Su vestido es blanco manchado de sangre. La misma niña una vez más. Heather no deja de mirarla. Son sus ojos verdes y grandes de hermosas largas pestañas iguales a los ojos de Heather. Pero su mirada es triste.

El guardia de seguridad nota algo raro en Heather pues se ha detenido a mitad del camino.

"Licenciada. ¿Está bien? ¿Qué le sucede? Se ha quedado parada mirando hacia allá."

"Hágame un favor. Mire exactamente hacia donde yo estoy mirando. Y dígame, ¿usted ve a esa niña?"

"¿Que niña?"

"La que camina hacia allá. La del vestido blanco. La de los ojos verdes como los míos."

"Perdone señorita, no veo a nadie. ¿Se siente bien? ¿Quiere que le traiga su carro?"

"Sí, estoy bien. Solo un poco cansada."

Le da las llaves del auto.

"No se preocupe. Espere aquí. Voy rápido por su carro antes que llueva."

Siempre que se le aparece esa niña siente que debe decirle a alguien lo que le está sucediendo. Sin embargo, tiene mucho miedo. No quiere que los demás piensen que está enferma o peor aún, que está perdiendo la mente.

Está muy confundida. Ella sabe muy bien que no es su mente. La niña le sigue los pasos. Se le presenta en cada momento importante en su vida. Está presente en cada muestra de amor. Ella la conoce. Sabe quién es. Hoy ha logrado penetrar en su interior a través de su mirada color montaña, color naturaleza. Hoy ha podido ver el interior de esa niña con tan solo mirar fijamente esos ojos verdes tan iguales a los suyos.

Encuentro

La lluvia se hace más intensa mientras conduce su auto hacia la casa. Todo parece indicar que el tráfico se ha detenido a consecuencia de un accidente más adelante.

Heather lleva algunos treinta minutos en el mismo lugar sin poder mover su auto.

Su celular suena y al percatarse que se trata de Damián lo contesta de inmediato.

"Hola, mi amor."

"Cariño, ya terminé con el cliente. Voy por un rato a mi apartamento. Nos vemos en la noche. ¿Ya llegaste?"

"Aún no he llegado a la casa. La avenida está muy congestionada. Creo que tomaré otra ruta. Además, está lloviendo demasiado."

"¿Por dónde vas?"

"Estoy cerca de la salida número 38.

"Pues coge esa salida hasta el final. Cuando veas la avenida H/35 haces una izquierda. El otro día nos fuimos por ahí ¿Recuerdas?"

"Oh sí. Gracias por la idea mi amor. Voy a irme por donde dices porque si no lo hago así, jamás llegaré."

"Amanda y tus padres ya deben estar desesperados."

"Ya sé. Parece imposible llegar temprano a la casa."

"Bueno, nos vemos luego. Maneja con cuidado mi amor."

"Ok." Heather termina la llamada.

Los carros continúan moviéndose lentamente. La lluvia se muestra cada vez más fuerte.

Heather enciende la radio para escuchar música. A lo lejos se escuchan bocinas de policías.

Veinte minutos más tarde logra salir del tráfico tomando la ruta sugerida por Damián.

Ahora el panorama es diferente. A pesar de la fuerte lluvia este camino se ve más despejado que el otro.

Adelante se encuentran varios trabajadores de las carreteras bajo la lluvia. Se dedican a desviar cada vehículo hacia otro camino. Ella detiene su auto para hablar con uno de los hombres. Baja el cristal tan solo un poco para no mojarse.

"¿No puedo ir hacia allá?" Ella señala mientras pregunta.

"No. Hay un derrumbe a una milla de aquí. ¿Hacia dónde te diriges?"

"Voy hacia el sur."

"En el próximo semáforo haces una izquierda. Luego déjate llevar por las flechas negras y amarillas. No te vas a perder. Vas a llegar a la avenida principal."

"¡Oh no! De allá vengo. Hay demasiado tráfico en esa avenida. Creo que hubo un accidente."

"Pues nosotros estamos dirigiendo a todos los que van para el sur por ahí. No hay otra alternativa."

"Por lo que veo llegaré a mi casa la próxima semana." Se ríe. "Gracias."

"Ok, lo siento. Vaya con cuidado."

Heather cierra su cristal y sigue su camino. Hace una izquierda y sigue las flechas negras y amarillas.

De repente, un gran camión se le atraviesa en su camino al doblar en una curva. La mujer mueve rápidamente el volante para ambos lados tratando de controlar el auto. Sus nervios parecen dominarla, mas hace hasta lo imposible por salvarse. La carretera está mojada y resbaladiza. Su auto comienza a dar varias vueltas. Heather trata de detenerlo, pero parece imposible. Heather se pone muy nerviosa al ver que el carro se ha ido por un precipicio cuesta abajo. Siente que ha perdido los frenos. Trata de esquivar los arbustos. Choca con varios de ellos, pero el auto no se detiene. Le da varias veces al pedal de los frenos pero no recibe respuesta. Sigue cuesta abajo por un angosto camino. Un fuerte grito sale de su interior al ver que el sendero termina con varios árboles. Al chocar con ellos se da un fuerte golpe en su frente con el volante.

Al ver que su auto se ha detenido Heather trata de calmarse, pero a la vez siente que no puede. Está temblando. Su frente está sangrando. Su llanto es descontrolado. Trata de llamar a su familia y comprende que no hay señal en esa área. Al mirar hacia el frente puede ver que el motor del auto está humeando. Sale desesperada del auto, sin importarle mojarse al presentir que el auto pueda arder en fuego.

Empapada de agua mira hacia dentro y nota que ha dejado su celular en el asiento del pasajero.

La lluvia es demasiado fuerte. Se encuentra parada al lado del auto sin saber qué hacer. El agua ha dañado su hermoso cabello ondulado. Su blusa de seda, ya mojada, se ha pegado a su cuerpo dejando ver su hermosa silueta. Mira a su alrededor. Siente que nadie la vio caer por el barranco al tratar de esquivar el camión. Necesita pedir ayuda, sin embargo, no se atreve abrir la puerta para coger su celular pues el auto aún sigue humeando a pesar de toda el agua que está cayendo sobre él. Está totalmente desesperada.

A lo lejos ve a una niña caminando bajo la lluvia. Se estremece de miedo al reconocerla. Es ella otra vez. La niña de sus pesadillas. La que a cada momento se le aparece. Lleva puesto su traje blanco manchado de sangre. Sus cabellos rubios y rizados se muestran adornados con su lazo rosa. Camina hacia Heather sin dejar de mirarla ni un segundo con esos ojos tan verdes como los suyos.

Por primera vez la tiene frente a ella. Es una niña tan bella. Lleva consigo una tristeza tan grande. Produce ternura y temor al mismo tiempo.

"Hola", le dice Heather con voz temblorosa.

"¿Quién eres?"

De repente ya no llueve. Todo está totalmente seco. Sin una muestra de agua en los arbustos y el camino. La blusa y la falda de Heather están secas. Sus cabellos, también secos juegan con la brisa. La suave brisa del atardecer que mueve las ramas de los árboles.

Invadida por el temor, Heather se percata de que la niña lleva en sus manos un ancho cuchillo de punta afilada.

"¿Por qué ya no llueve?", pregunta nerviosa la mujer.

Dando un fuerte grito que estremece la tierra, la niña levanta el cuchillo con la intención de lastimar a Heather, mas no lo logra pues la mujer se aleja un poco.

"¿Qué haces? ¿Quién eres? ¿Por qué quieres matarme? ¿Qué te hice?"

Heather mira a su alrededor.

"¿Por qué ha dejado de llover tan de repente?"

Tantas preguntas a la vez no consiguen una respuesta. La niña no pronuncia una sola palabra. Mira a Heather fijamente. Vuelve a lanzar su grito estremecedor y levanta el cuchillo una vez más. La mujer comienza a correr hacia los arbustos. La detiene un golpe fuerte dado por una piedra que la niña ha cogido y se la ha lanzado. El dolor en la parte trasera del hombro de Heather es tan fuerte que se voltea para gritarle a la extraña niña.

"¿De dónde saliste niña loca? ¿Por qué te empeñas en matarme? Dime... ¿Qué te hice? Ya déjame en paz. ¿No te das cuentas que tu no existes? ¿No ves cómo ha dejado de llover y ya no estamos mojadas? ¿Qué quieres de mí?"

Preguntas sin sentido. Preguntas incoherentes. Preguntas que la niña ignora. Sigue sin pronunciar palabra alguna. Tan solo ese grito fuerte que hace temblar a Heather y logra descontrolarla. Su propósito parece ser destruir a Heather sin compasión. Toma varias piedras del suelo y las tira justo al rostro de la bella mujer. Heather se quita sus zapatos de tacones altos y se los tira a la niña dándole en la cabeza. Se sorprende al sentir que el golpe dado a la niña le duele a ella. Tanto la niña como ella derraman un poco de sangre que brota de la cabeza.

Heather tiene mucho miedo. Está muy confundida. Se miran frente a frente. Con una mirada fija que parece ser eterna. Ambas tienen hermosos ojos verde monte totalmente idénticos. Sin embargo..., la mirada de Heather es confusa y temerosa. La mirada de la niña es de odio y coraje.

Una vez más el fuerte grito sale del interior de la criatura mientras levanta el cuchillo con la intención de matar a Heather.

La mujer sale corriendo, metiéndose entre los árboles con sus pies descalzos.

Mientras tanto en la casa ya se siente el ambiente de celebración. Amanda tiene todo preparado. La mesa del bizcocho lleva un mantel púrpura ya que es el color favorito de Heather. Un letrero colocado de una esquina a otra anuncia el cumpleaños. Los señores Beltrán se sienten orgullosos de su hija, tanto como de su nieta. Es esa la razón por la cual siempre las acompañan y les brindan su incondicional apoyo en todo momento. Amanda ha logrado acomodar treinta y dos velitas rosas encima de la obra tan deliciosa hecha por la abuela. Al escuchar el timbre de la puerta, la hermosa jovencita de quince años de edad corre y abre.

Entra Damián con una dulce y tranquila sonrisa en su rostro.

"Hola Damián." Amanda lo abraza. "Estamos esperando a mamá."

"¡Qué! ¿No ha llegado? Ella salió del trabajo primero que yo."

Saluda a los demás con un abrazo.

"Yo la he llamado varias veces y no me contesta el celular", comenta la Sra. Beltrán.

"Tal vez su celular se ha quedado sin carga", añade Damián.

"Pero… ella tiene un cargador en su auto", comenta Amanda.

"No nos preocupemos. A lo mejor se detuvo a comprar algo y no hay señal en el área." El Sr Beltrán trata de calmarlos.

El timbre de la puerta vuelve a sonar. Amanda abre y saluda a Mara y a su esposo Esteban. Mara comenta que ha tratado de comunicarse con Heather varias veces y en ningún momento ella ha contestado.

La preocupación comienza a apoderarse de todos. Mas deciden seguir la espera y tomarlo con más tranquilidad. Mara piensa que quizás su amiga se detuvo en alguna tienda o en el salón de belleza y por alguna razón no ha podido comunicarse.

La Sra. Beltrán sirve algunos aperitivos. Su esposo sirve las bebidas. Amanda ha puesto música en la radio. Mara y Esteban comienzan a bailar. Los abuelos se unen y le siguen sus pasos. Damián usa su celular una vez más para llamar a Heather. Al ver que su novia no le contesta trata de esconder su preocupación frente a la inquieta mirada de Amanda. Entonces se le acerca a la jovencita con una tierna sonrisa.

"¿Bailamos, princesa?" Damián le extiende la mano.

"Bueno, ok…pero que quede claro. Solo por un momento porque estoy esperando a un amigo."

Comienzan a bailar una balada.

"¿Esperas a un amigo? Y… ¿con el permiso de quién?"

"Pues te informo que aún no eres mi padrastro."

"Lo voy a ser muy pronto." Damián Sonríe.

"Eso será si yo te acepto." Amanda sonríe también.

"¿Por qué no? Te prometo ser el mejor del mundo."

"¡Wow! Eso espero. Y que hagas muy feliz a mi mamá."

"Por eso ni te preocupes querida Amanda." Se le acerca al oído. "Yo amo a tu mami."

"¡Qué bien! Y… ¿cuándo será la boda?"

"Para la Navidad."

"¡Qué! En tan solo dos meses no podremos preparar todo."

"Pues ves pensando cómo lo vamos a hacer porque estoy contando contigo. Aunque tenga que ayudarte en todos tus trabajos del colegio."

Todos siguen bailando. Aunque la realidad es que se encuentran muy preocupados por Heather. Ya la han llamado varias veces sin respuesta alguna.

Caída al pantano

De vez en cuando Heather mira hacia atrás mientras corre y trata de perderse entre los arbustos.

Se halla confundida. Corre sin rumbo como si estuviese desquiciada. ¿Quién es esa extraña niña que la persigue con un gran deseo de matarla? ¿Es la misma criatura de aquellas raras pesadillas?

Esta vez no está durmiendo. Esta vez no es una pesadilla más. Es real. Lo está viviendo. Un miedo inmenso se ha apoderado de todo su ser. Tiembla. Han sido muchas cosas raras que han sucedido. La fuerte lluvia que desaparece en un momento sin dejar huellas. La niña vestida de blanco con un enorme cuchillo en sus manos. Su traje ensangrentado. El camión que aparece de momento para provocar ese accidente tan horrible. Esa cuesta hacia abajo tan solitaria que suele morir entre tantos árboles.

El temor desea dominarla. La confusión anhela controlarla. Tiene que ser fuerte. No se detiene. Sigue corriendo.

Entonces, sus pies descalzos pisan tierra movediza. Heather comienza a hundirse.

Lentamente.

Nadie escucha sus gritos de auxilio. Trata de salir, pero no puede. Cada vez se hunde más y más. Logra alcanzar una pequeña rama conectada a la orilla. Sigue impulsándose hasta lograr alcanzar una rama más firme.

La niña se detiene frente a ella. No hace gesto alguno para ayudarla. Tan solo la mira fijamente mientras Heather se va hundiendo poco a poco, lentamente. Es su mirada el reflejo de un odio más inmenso que el completo universo. Es su mirada el reflejo de un coraje que corre por sus venas como río en creciente que se desborda sin remedio. Es su mirada la muestra de un vacío atrevido que no muestra final.

Heather tiene miedo, mucho miedo. De un momento a otro se encuentra frente a la muerte. Su cuerpo se sigue hundiendo. Se agotan sus fuerzas. Comprende en un instante que sus palabras de súplicas jamás conmoverán a la niña. Sin embargo, las pronuncia con un desesperado llanto.

"Por favor. Ayúdame. Necesito salir de aquí. Me hundo cada vez más. Haz algo." Le suplica llorando. "Sálvame. Tú no puedes dejarme ir. Sabes muy bien que no quieres dejarme ir. ¿Qué quieres que te diga? ¿Quieres que admita que ya sé quién eres?" Sigue sosteniendo la rama tratando de salir del pantano. "Pues sí. Ya sé quién eres, lo que no comprendo es... ¿por qué quieres matarme?"

La niña da media vuelta y se va sin mirar atrás.

"Espera." Grita una vez más. "Ayúdame por favor. Tengo que salir de aquí. No me dejes sola por favor. Tengo mucho miedo. No te alejes. No me dejes. Te lo suplico. Tenemos que hablar. Dime que te hice. No te alejes."

Ya no ve a la niña y llora sin consuelo.

"Tengo que salir de aquí." Mira hacia el cielo y trata de calmarse. "Oh Dios. Necesito tu mano milagrosa. Sácame de este pantano."

Heather se llena de mucho valor. Sigue luchando por sobrevivir. En su intento por salir parte una de las ramas. No se rinde. Se impulsa cada vez más y más. Se niega rotundamente a que este sea su final. No es tiempo. Todavía su hija Amanda la necesita. No le puede causar tan inmenso dolor a sus padres. El amor de su vida, Damián, le ha prometido hacerla feliz y ella le ha creído, entonces… no puede perder tan bella oportunidad que la vida le regala. Se sigue impulsando ella misma hasta que logra alcanzar un tronco de un árbol. Lo abraza fuertemente. Sus manos lastimadas sangran sin medida. Hace un gran esfuerzo por aguantar el gran dolor que siente. Se impulsa hacia arriba, se va agarrando de las ramas en busca de la más fuerte. Hasta que al fin lo logra.

Ahora está sentada sobre la grama seca. Incontrolable ataque de llanto la domina. Sus manos ensangrentadas. Sus pies descalzos y sucios por el lodo. Hechas un desastre se encuentran su blusa de seda y su hermosa falda corta. ¿Cómo pudo haberle pasado esto? Precisamente hoy, el día de su cumpleaños. Salió de su oficina muy contenta para llegar a su fiesta que con tanto amor su hija Amanda fue capaz de organizar.

Sí, allí está sentada sobre la grama seca. En medio de tantos árboles. No puede entender lo que le está sucediendo. Cierra sus ojos para abrirlos nuevamente. Quisiera que esto fuera una horrible pesadilla como muchas otras. Respira profundo y comprende que no es así. Esto es real. Lo está viviendo. Le duelen sus manos y sus pies. Le duele su espalda y su cabeza. Le duele su alma.

Cansada sigue caminando hasta llegar al auto. Nerviosa, mira constantemente a su alrededor. Al entrar al auto toma su celular que está sobre la silla del pasajero. Por varias ocasiones trata de prender el auto, pero no puede.

"¡Maldición! Ya prende por favor. Necesito irme ya." En vano sigue intentando.

La niña se acerca lentamente. Se detiene frente al auto mirando a la mujer fijamente y sin pestañear. Sus ojos parecen tirar fulminantes chispas de odio. Su rostro demuestra que está dispuesta a impedir que Heather pueda marcharse. Lleva en sus manos un pedazo largo de acero. Comienza a romper los cristales del auto. Los pedazos de vidrio caen encima de Heather. Ella toma su celular y sale de inmediato.

"¡Bravo! ¡Bravo!" Heather está muy enojada. "Aplausos para la estúpida niña de diez años. Sí, eres tú." Heather comienza a aplaudir. Le habla enojada a la criatura mientras llora.

"La más egoísta del salón de clases. La que todo tiene y nunca está conforme. Ya te reconozco, ¿eso es lo que quieres?

Pues sí…Yo sé muy bien quien tú eres. ¡Bravo! Porque al momento de irte, como todas las niñas hacen, tú te quedaste. Y desde entonces no me has dejado vivir tranquila. Te enfurece ver que hago lo que yo quiero hacer. Ahora estas frente a mí. Tú mirada me deja ver el coraje tan grande que llevas contigo. Mira cómo has manchado de sangre tu vestido blanco. ¿Sabes por qué? Por tu egoísmo. Porque no puedes resistir el dolor de saber que yo te hice desaparecer. No es tu tiempo. Compréndelo de una vez."

La tierra tiembla con el fuerte grito que sale de lo más profundo del interior de la niña. Heather corre al ver que ella le tira con todo lo que encuentra sobre el suelo, mientras toma el celular y llama a Damián. Su amado contesta la llamada en un instante.

"Heather, mi amor ¿Dónde estás?"

"¡Damián! ¡Auxilio! ¡Me quiere matar!"

"¡Heather! ¿Quién te quiere matar?"

La niña le da a Heather con un palo en la mano haciendo caer el celular al suelo.

Mientras tanto, todos se desesperan en la casa.

"¿Qué sucede? ¿Quién quiere matar a mamá?", preguntó Amanda desesperada.

"No sé. Se cortó la llamada. Dios mío… ¿Qué está pasando?"

Damián mira nervioso al Sr. Beltrán.

Todos están mal. La confusión y el desespero los hacen sentir que tienen las manos atadas. No saben lo que está sucediendo ni el por qué. No saben qué hacer.

"Pero… ¿qué te dijo?", pregunta el padre de Heather.

"Dijo que alguien quiere matarla."

"¡Dios mío!", exclama la Sra. Beltrán, "¿qué hacemos?"

"Primero, debemos calmarnos", sugiere Mara, "luego, tenemos que pedir ayuda al Departamento de Policía."

"No comprendo nada. ¿Por qué alguien quiere hacerle daño a mami?"

"Tranquila mi amor". La abuela la abraza y también llora. "Todo estará bien."

"No podemos perder tiempo." Esteban le habla a Damián. "Llama a la policía. Necesitamos ayuda."

Heather sigue su lucha por sobrevivir. Toma el celular del suelo y lo pone en el bolsillo de su falda. La niña le da nuevamente con el palo, esta vez sobre su hombro.

"¡Basta ya!" Grita y llora. "Ya no me hagas más daño. ¿Qué quieres de mí? Mírame. Estoy hecha un desastre. Me duele todo mi cuerpo."

La niña no escucha. Toma varias piedras del piso y comienza a tirarle a Heather sin piedad. Lo hace con todas sus fuerzas. Vuelve a dar un fuerte grito estremecedor que hace temblar la tierra.

La mujer no puede soportar el inmenso dolor producido por las piedras que van hacia ella. Decide volver a correr para esconderse entre los árboles. Definitivamente el terror ha invadido su ser completo. Corre y corre fuera de control. Está muy nerviosa, desesperada y confundida. Tropieza con un tronco en el suelo. Cae, dándose muy fuerte en la cabeza…, y queda inconsciente.

Recuerdos…Confusión

Confundida, abre los ojos. Ha perdido la noción del tiempo. No sabe cuántos minutos ha estado desmayada. Eso sí, está comprendiendo que ha despertado en otro lugar. Se encuentra frente a una pequeña casa en el centro del campo. La suave brisa mueve las ramas del frondoso árbol a su izquierda. El pequeño balcón con dos blancas sillas mecedoras y la mesita en el medio vienen a su recuerdo. Conoce muy bien este lugar. Está intacto. Como si el tiempo no hubiese pasado. A su lado derecho una enorme piedra. ¡Cuántas veces se sentó sobre esa gran piedra para dibujar sus diseños de ropa, en su libreta de dibujos! ¡Cuántas veces disfrutó del bello atardecer, mientras soñaba con ser famosa! Cuántas veces…Pero… ¡Allí está la niña! Sentada sobre la enorme piedra. Escribiendo en una libreta. Disfrutando del atardecer, tan tranquila. La mira de reojo mientras escribe. Heather toca la puerta de la casa sin dejar de mirar a la niña.

"¿Alguien en casa? Por favor, abran la puerta, necesito ayuda."

La puerta se abre por sí sola. Tiemblan sus manos y piernas. Ella entra quedando sorprendida ante lo que ven sus ojos. Mira fijamente a su alrededor. Aquella sala le trae muchos recuerdos. Conoce muy bien esos muebles hechos en madera prensada. Las transparentes cortinas hechas al gusto de su mamá. La chimenea que solían encender durante las fuertes nevadas aún permanece al lado derecho de la sala. En la otra esquina el inmenso armario con todos los libros de su papá. Las dos lámparas hechas con sus propias manos, de paletas en colores, la hacen recordar aquella conversación con su padre.

"Papá, mira lo que tengo en mis manos. Estas lámparas las hice en mi clase de arte."

"¡Oh, wow! ¡Qué lindas!" El señor Beltrán deja el periódico a un lado y coge una de las lámparas. "Me encanta la combinación de colores. Realmente eres una artista. Apenas tienes diez años. ¡Imagínate lo que podrás hacer cuando seas mayor!"

"Quiero tenerlas siempre conmigo."

"Muy bien. Así se las muestras a tus hijos cuando seas grande."

"Yo nunca voy a tener hijos."

"Heather", le explica su padre, "no digas eso. Tú vas a crecer y vas a ser una hermosa mujer. Vas a casarte algún día y tendrás hijos. Quizás me regalas una nieta tan bella como tú."

"No papá. Los bebes lloran mucho y no dejan dormir a sus mamás. Yo tengo que estar siempre linda para poder presentar mis creaciones. No puedo tener ojeras. Quiero viajar a diferentes países. Quiero implantar la moda en diferentes culturas. Tener un hijo significaría dejar de ser yo."

"Hija mía. A veces me da miedo como piensas." La abraza.

"Bueno, lo importante es que nunca olvides que te amo."

Heather sonríe y llora a la vez al recordar esos momentos de su infancia vividos en aquella misma sala. Luego se dirige a la que fue su habitación. ¡Hermoso cuarto de princesa! Se sorprende al ver las cortinas rosas y blancas en tela de hilo. Blanco perla es el color del gavetero y las mesitas de noche. Peluches en colores adornan su cama vestida con blancas sábanas. Todo lo que está viendo, le pertenece. Allí están su televisor, su computadora, sus diseños de modas pegados sobre el espejo. ¡Inolvidables recuerdos de la casita del campo! Al abrir una de las gavetas reconoce toda su ropa. Ella sigue abriendo las demás hasta encontrar el vestido blanco. No puede evitar recordar el día aquel, en que su mamá se lo regaló.

"Heather". La Sra. Beltrán entra con el vestido blanco en sus manos. "Mira este vestido tan lindo. Te lo compré para que lo uses el día de tu graduación de primaria. Fui para las tiendas con mi amiga mientras estabas en el colegio."

"¡Sí, mamá, esta precioso!"

"Pues quítate el uniforme del colegio y póntelo. Quiero ver cómo te queda."

"¡Gracias mamita! Cuando sea grande voy a diseñar ropa. Voy a conquistar el mundo con mis creaciones."

"¡Es muy interesante lo que quieres estudiar!"

"Voy a visitar España, Italia, Francia...Todos los reyes y las reinas se vestirán con mis diseños!"

"Pues a estudiar mucho si quieres lograr tus sueños. Tienes que poner todo tu empeño. Todo depende tan solo de ti."

Heather llora inconsolablemente ante su frustración. No se explica cómo llegó hasta aquí. Lo que en este momento está viviendo no puede ser real. Es un hermoso pasado que ya no existe. Recuerda muy bien que sus padres vendieron esa casa a una familia que tiempo después la destruyeron para construir una mansión. Recuerda muy bien que al mudarse a la ciudad se llevaron todas sus cosas. Recuerda muy bien cuando llegó aquel camión tan grande y con ayuda de vecinos y familiares pudieron meter todos los muebles, camas y enseres eléctricos para poder dar tan solo un viaje en aquella mudanza.

Entonces, ¿cómo es posible que ahora, tantos años después, todo esté en su sitio? Ella sabe muy bien que esto no es real, no existe, sin embargo… lo está viviendo.

Se asoma por la ventana y ve a la niña sentada sobre la piedra. Aún está escribiendo sobre las páginas de la libreta.

A lo lejos se ve llegar un gran tornado. Viene en dirección a la casa. Su fuerza parece ser destructora. La niña mira a lo lejos. No le teme a lo que viene. Continúa escribiendo en su libreta como si nada estuviese sucediendo.

De vez en cuando la niña observa a Heather, que permanece al otro lado de la ventana. Sigue escribiendo. El tornado se acerca rápidamente. La mujer la llama y a gritos le avisa su llegada.

"¡Cuidado! Mira hacia allá. Es un tornado."

Ella la ignora y no se mueve de ahí. La mira con mucho coraje. Comienza a arrancar las páginas de la libreta y las va tirando una a una. El viento las hace volar hasta que van entrando a la habitación.

"¿Qué te sucede? ¿No ves que viene hacia ti?"

La mujer grita más fuerte.

"Yo sé que le temes a los tornados. Allá viene uno con toda su furia."

No pasa un minuto cuando el potente viento comienza a entrar por la ventana. Heather comienza a luchar contra su fuerza hasta lograr cerrar la ventana de dos hojas. Dentro de la habitación no se siente nada. La calma es tan grande que nadie pensaría que afuera el viento está haciendo de las suyas.

Heather observa todas las páginas de papel que la niña tiraba y que el viento las trajo hasta la habitación. Han quedado pegadas sobre la pared, el espejo y la puerta. En todos los papeles están escritas dos palabras. En letras grandes y con un marcador negro.

"TE ODIO" "TE ODIO" "TE ODIO" "TE ODIO"

Una vez más un ataque de histeria.

"¡Dios mío! ¡Qué es esto! Quiero irme de aquí."

Comienza a romper todos los papeles y a tirarlos al piso. Su celular suena, pero ella no escucha. Lo que sí escucha es el sonido de la puerta al abrirse. Su corazón palpita. La está viendo frente a ella una vez más. Siente un inmenso deseo de abrazarla. La niña no dice nada. Ambas se miran fijamente a los ojos.

"¿Por qué me odias tanto? Cualquier ser humano en este mundo me puede odiar. Pero... tú no me debes odiar. Además... ¿Qué haces aquí? Se supone que tú y yo jamás nos encontráramos en la vida. Hubo un momento dado en la vida en el cual tuviste que marcharte para no regresar. ¿Quién te hizo tanto daño? Fui yo... ¿verdad? Yo te destruí poco a poco. Todos tus sueños los tiré a la basura cuando nació Amanda."

Llora enojada. "Yo era muy joven cuando ese hombre me engaño. Le creí. Dejé todo por su amor. Y él me dejo sola con mi bebe. ¿Por qué no comprendes? Ya tu momento había pasado. El tiempo de Amanda acababa de llegar. Yo apenas tenía diecisiete. Pero... mi bebe era tan linda e indefensa. No pude dejarla con mis padres como tú lo deseabas. ¿Comprendes? Era mi bebé, parte de mí. Entonces... decidí olvidarme de ti. Perdóname." Llora. "Sé que te fallé. Que pusiste toda tu confianza en mí y no te cumplí."

La niña la mira compungida y da un paso al frente. Heather la espera como queriendo abrazarla con sus manos extendidas. El celular suena.

"Esta llamada es de Amanda", le explica. "Me está esperando en la casa junto a Damián. Sé que los odias a ellos también."

El rostro de la niña cambia de repente mostrando un gran coraje al ver que Heather contesta la llamada.

Se sale de la habitación muy enojada.

"Hola."

"¡Mamá!". Amanda se alegra al escuchar la voz de Heather. "Al fin contestas. ¿Estás bien? Damián, Esteban y abuelo salieron con la policía a buscarte."

"Amanda, mi amor", llora. "Hija querida. Te amo."

"Mamá", llora. "¿Quién quiere matarte? Por favor, no permitas que te hagan daño."

La Sra. Beltrán le quita el teléfono a Amanda.

"Heather, hija, ya van por ti."

"Mamá, ¿Recuerdas nuestra casita de campo?"

"Sí, mi amor, la recuerdo. Pero... no comprendo. ¿Por qué hablas de eso en este momento?"

"Mamá", llora Heather.

"¿Que te está sucediendo hija?", llora también la madre. "Me tienes muy preocupada. ¿Quién te quiere matar?"

"Estoy mal. Estoy muy mal. Lo que está sucediendo es realmente increíble."

"Pero… dime al menos donde te encuentras. Ya salieron a buscarte."

El llanto de Heather es desconsolado.

"Ya no puedo más."

El desespero de Amanda por volver a escuchar la voz de su madre, la hace quitar el celular a su abuela sin pedirlo.

"Mamita", llora también. "Por favor, cuídate. No permitas que te hagan daño. Necesito que regreses a mí."

"Sí, hija", contesta Heather. "Tienes mucha razón. Tengo que regresar con ustedes." Termina la llamada.

"¡Mamá! Mamá, por favor contesta. "¡Mamita! No te vayas. No me dejes sola."

Heather se mira al espejo. Allí está. Hecha un desastre. Con sus treinta años de edad. Es una abogada muy reconocida en su ciudad. Es la orgullosa madre de una jovencita muy linda, buena e inteligente. Es la hija querida de unos padres a los cuales quiere disfrutar al máximo. Es la novia de un buen hombre, que la ama más que a su propia vida y anhela hacerla su esposa por el resto de su vida.

Y este... es su tiempo. Por eso tiene que marcharse de allí lo antes posible.

Está en el tiempo equivocado. Debe regresar a su vida normal. Destruir cada barrera que le impida llegar. Cruzar a otra dimensión. Mover a un lado a todo ser encontrado en el camino. Está convencida que debe ignorar sus sentimientos y actuar con frialdad.

El momento es ahora. Es una lucha interna que se refleja en el exterior. Es un firme paso que tiene que dar para poder sobrevivir. Es sencillamente una decisión que debe tomar. Es simple y sencillo, y su mente lo repite una y otra vez... O ella... O yo.

Es demasiado intenso el odio sentido por la niña en lo más profundo de su ser. Allí está. Parada en el medio del garaje. Mirando a su alrededor. En su búsqueda por más armas. Ella sabe muy bien que no es real... pero allí está. Con un gran coraje en su interior por haber sido echada a un lado por culpa de la razón y el amor. Con una combinación de egoísmo y desprecio que se juntan con el único propósito de destruir. Es un inexplicable dolor que le quema el alma al comprender que sus sueños se quedaron volando en el espacio y que nada se puede hacer. Es saber que no debe de existir, mas se quiere quedar. Decidir llevar a cabo un último intento para destruir a la mujer, fue tarea fácil.

Es simple y sencillo... Y su mente lo repite una y otra vez... O ella... O yo.

Guerra a muerte

Heather abre una de las puertas del gabinete de la cocina y toma un sartén, el más grande. Un fuerte ruido se escucha venir desde la sala. La mujer va de inmediato y ve la niña tirando todo al piso.

"Ya me cansé de ti niña estúpida", le dice enojada.

Comienza la guerra a muerte. La niña le trata de dar con un martillo, pero no lo logra pues Heather se baja un poco y se mueve hacia el otro lado. La mujer quita un cuadro de la pared y le da fuertemente por la cabeza. Se tiran a matar, con cada objeto que encuentran a su paso. La niña va tomando los libros del anaquel y se los tira uno a uno. También toma los palitos encendidos en el fuego de la chimenea y los dirige justo al rostro de Heather. La mujer los va esquivando y los apaga para evitar el fuego. Cada golpe que ella le da a la niña, le duele también a ella. Pero no se detiene. Continúa la lucha intensa. Los muebles se voltean hacia el suelo. Las lámparas se toman como armas. Ambas hacen de la sala un total desastre. La niña arranca las cortinas, tratando de ahorcar a Heather, pero esta logra impedirlo.

Heather se detiene un segundo para mirarse a sí misma. Su cabello está totalmente desaliñado. Su hermosa blusa ha perdido varios botones y se muestra desgarrada.

Su falda está sucia y rota. Sus manos y piernas presentan cortes. El lado izquierdo de su frente está sangrando. Es una fuerte lucha por la supervivencia. Es comprender de una vez por todas que tiene que defender su tiempo y espacio. La hace más indestructible su constante pensamiento... O ella... O Yo.

La niña se detiene por un segundo para mirarse a sí misma. Su traje blanco está roto y ensangrentado. Sus manos sucias y cortadas. Sus rizos ya no tienen forma. Es una fuerte lucha por la supervivencia. Es comprender de una vez por todas que tiene que crear su propio tiempo y espacio. Es tratar de destrozar la realidad. La hace más indestructible su constante pensamiento... O Ella... O Yo.

El celular de Heather no para de sonar. Se aproxima el final de una de las dos. La niña toma el cuchillo directo al pecho de Heather, que ha caído al piso de forma acostada boca arriba. La mujer logra echarse a un lado y salvarse. Finalmente, Heather toma el sartén y le da varias veces en la cabeza. Heather siente un fuerte dolor, pero esto no la detiene. La niña cae muerta al lado de la chimenea. Heather se arrodilla frente a ella. Su llanto es desconsolado.

"Yo no quise hacerte daño, pero tienes que comprender que ya no existes. Tenías que marcharte cuando yo lo decidí. Pero... No lo hiciste. Tu orgullo y tu egoísmo fueron mayores. Se supone que, como toda niña, tan solo existieras por poco tiempo."

La joven grita y llora, su dolor es inmenso.

"Se supone que te ame, pero no es así. ¡Te odio! Te odio, y te maldigo! Maldigo el día en que tuviste que irte y no te marchaste. Te odio, niña estúpida, malcriada, egoísta, engreída, idiota."

La abraza y llora sin control.

"Quisiste estar presente toda la vida. Tú perteneces tan solo a la infancia. Se supone que te ame. Pero, te odio, te odio, te odio tanto."

Heather trata de calmarse. Sus sentimientos la confunden.

Ama con todo su ser a esa niña. Y a la vez odia con todo su ser a esa niña. Seca sus lágrimas. Se pone de pie. Da media vuelta sin mirar atrás. Tiene que salir de allí. Su tiempo la espera, la vida la espera, su realidad la espera. Su hija, Amanda, la necesita y la espera. Sus padres la aman y la esperan. Damián, el gran amor de su vida, la ama, anhela casarse con ella y la espera.

El celular no deja de sonar. Heather lo busca entre las cortinas rotas ya tiradas en el piso. Lo busca al mover algunos cuadros que han caído. Su sonido la desespera. Al fin, lo encuentra... Amanda, la está llamando. Heather contesta su celular.

"Amanda, hija... Ya voy contigo."

"¡Mamá! ¿Estás bien? Damián me llamó. Dice que todos están frente a tu auto. ¿Dónde estás? ¿Por qué no te encuentran?"

Heather, camina y se asoma por la ventana, su alma siente un gran alivio al ver a Damián, Esteban y su padre junto a unos policías y varios empleados de la carretera mirando hacia la casa. Todos están al lado del auto. Una hermosa sonrisa se refleja en su rostro sucio, se seca sus lágrimas y continúa hablando con su hija.

"Amanda, ¡ya los veo!"

"Qué bueno, gracias, Dios mío. ¡Mamá está bien!", le grita Amanda a los demás.

"Mamita corre hacia ellos por favor, ven ya."

"Hija, lo que me ha sucedido es increíble."

"Mamá, ya no llores más, ve con ellos... luego me cuentas lo sucedido. Lo que importa es que ya muy pronto estarás con nosotros."

En la casa, reina la alegría, se abrazan unos a otros.

Heather ha quedado sin fuerzas. Su rostro se siente totalmente mojado de tanto llorar. Sus cabellos despeinados han perdido su forma. Su ropa ensangrentada y hecha un desastre. Sus pies sucios y descalzos. Se detiene frente a la puerta y los mira a todos. Ellos se encuentran parados al frente de la casa. Ella ve que Damián se dispone a hacer una llamada. De pronto, suena su celular, abre la puerta de la casa, se para allí y contesta…

"Damián", llora mientras le habla y lo mira con los demás.

"Mi amor. Cariño, ¿Dónde estás? Nosotros estamos frente a tu auto."

"Aquí estoy, frente a ti", le contesta extrañada al notar que él no la ve.

"¿Frente a mí? ¿Dónde? No te vemos." Mira a su alrededor como buscándola.

"Aquí, en la entrada de la casita."

"¿Qué casita? Aquí sólo hay árboles."

"Damián", llora y cae sentada frente a la casa. No me digas que no puedes verme por favor. Estoy frente a ti. En este momento todos miran hacia acá…" El llanto de Heather es desconsolado. "Tú me estas mirando."

"Mi amor. No entiendo lo que está sucediendo, trata de calmarte. Si tú me ves a mí, entonces ven, cariño... Ven conmigo."

"Nooo!" Heather grita. "Ya no puedo más." Heather no deja de llorar. "¿Viste como quedó mi auto? ¿Viste los cristales rotos?"

"¿Qué? ¿De qué hablas Heather", tu carro está en perfectas condiciones, los cristales no están rotos. Esteban lo prendió, está funcionando muy bien."

"No, Damián. Nada está bien. ¿No comprendes? Yo los veo, pero ustedes no me ven. Se supone que mi carro no funciona y que los cristales están hecho pedazos."

"Heather, ¿qué te sucede? Es imposible que tú me veas y yo no pueda verte."

"No es imposible, es real, mi amor. Qué bien te queda tu camisa azul. Dile a papá que gracias por ponerse la corbata que le regalé." Heather llora.

"Heather..." Damián mira la corbata del Sr. Beltrán que está parado a su lado. "Ven a mí, ven por favor. Donde quiera que te encuentres ven a mí por favor."

"Tengo miedo, mucho miedo de no poder llegar a ti", termina la llamada y llora sin consuelo.

Constantemente suena el teléfono, pero ella no contesta. Los observa por un momento, están todos desesperados. Se pone de pie, dispuesta a caminar hacia ellos. Se sorprende al ver que lleva puestos sus zapatos, ya que los había perdido. Su blusa y su falda ya no están rotas. Sus piernas y sus manos se muestran limpias, sin rastro de sangre. Dirige su mirada hacia el interior de la casa y se sorprende al verla en perfectas condiciones. Camina hacia adentro. Las cortinas y los muebles están en su sitio. Los cuadros adornan la pared. Las lámparas que habían caído al piso nuevamente están sobre las mesitas. El armario, se encuentra con todos los libros muy organizados. A pasos lentos y confundida, camina hasta la chimenea.

Se percata que la niña muerta ya no está en ese lugar, como ella la había dejado. Ni siquiera se ve una gota de sangre en toda el área. Se llena de valor, recupera sus fuerzas, se dice a sí misma con firmeza.

"Tengo que salir de aquí. Tengo que irme ya. Tengo que vivir mi presente."

Da media vuelta y camina hacia la puerta. A lo lejos los ve a todos. Se siente segura. Se llena de valor. Tiene que llegar hasta allí. Se encuentra a pocos pasos de sentir un abrazo de su amado. De repente... un fuerte grito de terror la detiene. Parecido al grito dado por la niña antes de cada ataque. Heather toma una de las lámparas en su mano para defenderse. Se voltea rápidamente.

Sus ojos verdes se abren más grandes y sorprendidos. Parada frente a ella hay una anciana con un ancho cuchillo de punta afilada en sus manos. Dispuesta a matar a Heather. Refleja un odio inmenso en su arrugado rostro de más de setenta años de edad. Sus cabellos se parecen mucho a los de Heather. Lleva sus mismos ojos verdes. La forma rectangular de su cara, sus cejas y su boca son las mismas. El vivo retrato de ella, con varias arrugas. El miedo la invade y la confunde. Sus piernas tiemblan. Sus manos tiemblan. Su voz... ya no le sale.

Entonces... Heather comprende que su interna lucha con ella misma, aún no ha terminado.